Extrait de la 2e livraison du FANTAISISTE
Tirage à part sur grand papier vélin
à 50 exemplaires numérotés

Exemplaire N° 46.

TURIN. — TYP. J. BORGARELLI

HENRI BEYLE

NOTICE BIOGRAPHIQUE

PAR

PROSPER MÉRIMÉE

Membre de l'Académie française

4me ÉDITION

Augmentée d'une Note bibliographique

SAN REMO

Chez J. GAY et FILS, ÉDITEURS

—

1874

NOTE BIBLIOGRAPHIQUE

La première édition de cette plaquette a paru sans autre titre que les quatre majuscules H. B. P. M. placées aux quatre coins du titre. Imprimée à Paris, par Firmin Didot en 1853, elle était cependant sans lieu ni date, ni nom d'imprimeur, malgré la loi si sévère en France. Il est vrai que ce petit in-8° de 42 pages n'était tiré qu'à 15 exemplaires.

Six ans plus tard, les mêmes imprimeurs firent une contrefaçon de cette édition, également sans lieu ni date et du même nombre de pages. Cette contrefaçon fut tirée, dit-on, à 20 exemplaires.

Enfin, M. Poulet-Malassis, réfugié à Bruxelles, y publia une 3me édition sous ce titre: *H. B., par un des quarante; avec un frontispice stupéfiant, dessiné et gravé par S. P. Q. R.* — Eleutheropolis. l'an 1864 de l'imposture du Nazaréen, in-16 de 62 pages et 1 front. à l'eau-forte, sur chine. — Tiré à 140 exemplaires numérotés et paraphés: — 110 petit in-8°, papier vergé (à 12 fr.); — 20 gr. in-8°, papier vergé (à 18 fr.); — 10 gr. in-8°, papier de chine, tirage du frontispice en rouge et noir (à 24 fr.). — Ce frontispice qui est de Rops est obscène, mais il a peu de rapport à la situation qu'il prétend illustrer, l'infidélité de Mme Grua, le passage en question étant, en effet, assez peu compréhensible.

Cet opuscule, un peu changé, et surtout adouci dans les passages les plus vifs, se trouve aussi dans la *Correspondance inédite de Stendhal* (Paris, Michel Lévy frères, 1855, gr. in-18).

Sur Beyle et ses écrits, il est bon de consulter encore :

> *La Chartreuse de Parme* (Notice). Paris, Hetzel, 1846, in-12;
>
> Pelletan : *Heures de travail*, tome I, pages 268-280, 1854;
>
> Sainte-Beuve : *Causeries du lundi*, tome IX, pages 241-273. Paris, Garnier frères, 185., grand in-18;
>
> Caro : *Études morales sur le temps présent*, page 235, 1855, in-18;
>
> Le *Figaro*, 21 janvier 1858, page 3;
>
> Aubineau : L'*Univers*, 27 mai et 3 juin 1858;
>
> Cuvillier-Fleury : *Dernières études historiques et littéraires*, tome II, page 303. Paris, Michel Lévy frères, 1859, gr. in-18;
>
> Du Camp (Maxime) : *Les Chants modernes*, nouvelle édit. rev. et corrigée. Paris, Libr. Nouvelle, 1860, in-18;
>
> Gust. Brunet : *Dissertation sur l'Alcibiade fanciullo a scola*, traduite de l'italien de Giamb. Baseggio, et accompagnée d'une préface. Paris, J. Gay, 1861, pet. in-8;
>
> Ch. Mehl : *Le Bibliographe alsacien*, tome II, page 130, oct.-nov. 1863

HENRI BEYLE

———

Il y a un passage de l'Odyssée qui me revient
en mémoire. Le spectre d'Elpénor apparaît à
Ulysse et lui demande les honneurs funèbres :

Μή μ'αϰλαυτον, ἄθαπτον, ἰων ὄπιθεν ϰαταλέιπειν.

« Ne me laisse pas sans être pleuré, sans être en-
terré. »

Aujourd'hui l'enterrement ne manque à per
sonne, grâce à un règlement de police, mais nous
autres païens, nous avons aussi des devoirs à rem-
plir envers nos morts, qui ne consistent pas seulement dans l'accomplissement d'une ordonnance
de grande voirie. J'ai assisté à trois enterrements
païens : — celui de Sautelet qui s'était brûlé la
cervelle ; son maître, grand philosophe, Cousin
et ses amis, eurent peur des honnêtes gens et
n'osèrent parler ; — celui de M. Jacquemont : il
avait défendu les discours ; — celui de Beyle enfin.
Nous nous y trouvâmes trois, et si mal préparés

que nous ignorions ses dernières volontés. Chaque fois, j'ai senti que nous avions manqué à quelque chose, sinon envers le mort, du moins envers nous-mêmes. Qu'un de nos amis meure en voyage, nous aurons un vif regret de ne pas lui avoir dit adieu au moment du départ. Un départ, une mort doivent se célébrer avec une certaine cérémonie, car il y a là quelque chose de solennel. Ne fût-ce qu'un repas, une association de pensées régulière, il faut quelque chose. Ce quelque chose, c'est ce que demande Elpénor : ce n'est pas seulement un peu de terre qu'il réclame, c'est un souvenir.

J'écris les pages suivantes pour suppléer à ce que nous ne fîmes point aux funérailles de Beyle. Je veux partager avec quelques-uns de ses amis mes impressions et mes souvenirs.

Beyle, original en toutes choses, ce qui est un vrai mérite à cette époque de monnaies effacées, se piquait de libéralisme, et était, au fond de l'âme, un aristocrate achevé. Il ne pouvait souffrir les sots ; il avait pour les gens qui l'ennuyaient une haine furieuse, et, de sa vie, il n'a pas su bien nettement distinguer un méchant d'un fâcheux.

Il affichait un profond mépris pour le caractère français et il était éloquent à faire ressortir tous les défauts dont on accuse, à tort sans doute, notre grande nation : légèreté, étourderie, inconséquence en paroles et en actions. Au fond, il avait à un haut degré ces mêmes défauts, et pour ne parler que de l'étourderie, il écrivit un jour de Civita-Vecchia à M. de Broglie, ministre des affaires étrangères, une lettre chiffrée et lui transmit le chiffre sous la même enveloppe.

Toute sa vie il fut dominé par son imagination et ne fit rien que brusquement et d'enthousiasme. Cependant il se piquait de n'agir que conformément à la raison : « Il faut en tout se guider par la lo-gique, » disait-il en mettant un intervalle entre la première syllabe et le reste du mot, mais, il souffrait impatiemment que la logique des autres ne fût pas la sienne. D'ailleurs il ne discutait guère. Ceux qui ne le connaissaient pas attribuaient à un excès d'orgueil ce qui n'était peut-être que respect pour les convictions des autres: « Vous êtes un chat, je suis un rat, » disait-il souvent pour terminer les discussions.

Un jour, nous voulûmes faire ensemble un drame. Notre héros avait commis un crime et était tourmenté de remords. « Pour se délivrer d'un remords, dit Beyle, que faut-il faire? » Il réfléchit un instant: — « Il faut fonder une école d'enseignement mutuel. »

Notre drame en resta là.

Il n'avait aucune idée religieuse ou, s'il en avait, il apportait un sentiment de colère et de rancune contre la Providence: « Ce qui excuse Dieu, disait-il, c'est qu'il n'existe pas. »

Une fois, chez madame Pasta, il nous fit la théorie cosmogonique suivante: Dieu était un mécanicien très-habile. Il travaillait nuit et jour à son affaire, parlant peu et inventant sans cesse, tantôt un soleil, tantôt une comète. On lui disait: Mais écrivez donc vos inventions! Il ne faut pas que cela se perde. — Non, répondait-il, rien n'est encore au point où je veux. Laissez-moi perfectionner mes découvertes et alors... Un beau jour il mourut subitement ; on courut chercher son fils unique qui étudiait aux Jésuites. C'était un garçon doux et studieux qui ne savait pas deux mots de mécanique. On le conduisit dans l'atelier de feu son père : — Allons, à l'ouvrage ! il s'agit de gouverner le monde...... Le voilà bien embarrassé ; il demande : Comment faisait mon père ? — Il tournait cette roue, il faisait ceci, il faisait cela... Il tourne la roue et les machines vont tout de travers.

Beyle me dit qu'il avait fait un drame de la vie de Jésus-Christ. Il l'avait représenté comme une âme simple, naïve, toute pleine de sensibilité et de tendresse, mais incapable de commander aux hommes. Jésus-Christ, dans ce drame, exploitait à son profit la doctrine de Socrate. « Y a-t-il de l'amour dans votre drame? lui demandai-je. — Beaucoup! Et saint Jean, le disciple chéri? » Il soutenait que tous les grands hommes ont eu des goûts bizarres et citait Alexandre, César, vingt papes italiens ; il prétendait que Napoléon lui-même avait eu du faible pour un de ses aides-de-camp.

Il était difficile de savoir ce qu'il pensait de Napoléon. Presque toujours il était de l'opinion contraire à celle qu'on mettait en avant. Tantôt il en parlait comme d'un parvenu ébloui par les oripeaux, manquant sans cesse aux règles de la lo-gique. D'autres fois, c'était une admiration presque idolâtre. Tour à tour, il était frondeur comme Courier et servile comme Las Cases. Les hommes de l'Empire étaient traités aussi diversement que leur maître.

Il convenait de la fascination exercée par l'empereur sur tout ce qui l'approchait: « Et moi aussi, disait-il, j'ai eu le feu sacré! On m'avait envoyé à Brunswick pour lever une imposition extraordinaire de cinq millions. J'en ai fait rentrer sept et j'ai manqué d'être assommé par la canaille qui s'insurgea, exaspérée de l'excès de mon zèle. Mais l'empereur demanda quel était l'auditeur qui avait fait cela, et dit: « C'est bien. » Nous aimions à l'entendre parler des campagnes qu'il avait faites avec l'empereur. Ses récits ne ressemblaient guère aux relations officielles. On en jugera. Dans une affaire fort chaude, Murat haranguait les soldats près de se débander; voici en quels termes: « En avant! sacré nom de Dieu! J'ai le cul rond comme une pomme, soldats! j'ai le cul rond comme une pomme! » « Dans le moment du danger, disait Beyle, cela paraissait une harangue ordinaire, et je suis persuadé que César et Alexandre ont dit dans de telles occasions d'aussi grosses bêtises. »

Parti de Moscou, Beyle se trouva le soir du troisième jour de la retraite, avec environ mille cinq cents hommes, séparé du gros de l'armée par un corps russe considérable. On passa une partie de la nuit à se lamenter, puis les gens énergiques haranguèrent les poltrons, et à force d'éloquence les engagèrent à s'ouvrir un chemin l'épée à la main, dès que le jour permettrait de distinguer l'ennemi. Autre genre d'allocution militaire: « Tas de canailles! vous serez tous morts demain, car vous êtes trop jean-f..... pour prendre un fusil et vous en servir, etc. » Ces paroles sublimes ayant produit leur effet, à la petite pointe du jour on marcha résolûment aux Russes dont on voyait encore briller les feux de bivac. On y arrive sans être découverts, et l'on trouve un chien tout seul. Les Russes étaient partis dans la nuit.

Pendant la retraite il n'avait pas trop souffert de la faim, mais il lui était absolument impossible de se rappeler comment il avait mangé, si ce n'est un morceau de suif qu'il avait payé 20 francs et dont il se souvenait encore avec délices.

Il avait emporté de Moscou le volume des *Facéties* de Voltaire, relié en maroquin rouge, qu'il avait pris dans une maison qui brûlait. Ses camarades trouvaient cette action un peu légère : dépareiller une magnifique édition ! Lui-même éprouvait une espèce de remords.

Un matin, aux environs de la Bérézina, il se présenta à M. Daru, rasé et habillé avec quelque soin : « Vous avez fait votre barbe, lui dit M. Daru, vous êtes un homme de cœur ! »

M. Bergonié, auditeur au Conseil d'Etat, m'a dit qu'il devait la vie à Beyle qui, prévoyant l'encombrement des ponts, l'avait obligé à passer la Bérézina le soir qui précéda la déroute. Il fallut employer presque la force pour obtenir qu'il fît quelques centaines de pas. M. Bergonié faisait l'éloge du sang-froid de Beyle et du bon sens qui ne l'abandonnait pas dans un moment où les plus résolus perdaient la tête.

En 1813, Beyle fut témoin involontaire de la déroute d'une brigade entière, chargée inopinément par cinq cosaques. Beyle vit courir environ deux mille hommes, dont cinq généraux reconnaissables à leurs chapeaux brodés. Il courut comme les autres, mais mal, n'ayant qu'un pied chaussé et portant une botte à la main. Dans tout ce corps français, il ne se trouva que deux héros qui firent tête aux cosaques : un gendarme nommé Menneval et un conscrit qui tua le cheval du gendarme en voulant tirer sur les cosaques. Beyle fut chargé de raconter cette panique à l'empereur qui l'écoutait avec une fureur concentrée, en faisant tourner une de ces machines en fer qui servent à fixer les persiennes. On chercha le gendarme pour lui donner la croix, mais il se cachait et nia d'abord qu'il eût été à l'affaire, persuadé que rien n'est si mauvais que d'être remarqué dans une déroute. Il croyait qu'on voulait le fusiller.

Sur l'amour Beyle était encore plus éloquent que sur la guerre. Je ne l'ai jamais vu qu'amoureux ou croyant l'être, mais il avait eu deux amours-passions (je me sers d'un de ses termes) dont il n'avait jamais pu guérir. L'un, le premier en date, je crois, lui avait été inspiré par madame Curial, alors dans tout l'éclat de sa beauté. Il avait pour rivaux bien des hommes puissants, entr'autres un général fort en faveur, Caulaincourt, qui abusa un jour de sa position pour obliger Beyle à lui céder sa place auprès de la dame.

Le soir même, Beyle trouva moyen de lui faire tenir une petite fable de sa composition, dans laquelle il lui proposait allégoriquement un duel. Je ne sais si la fable fut comprise, mais on n'accepta pas la moralité, et Beyle reçut une verte semonce de M. Daru, son parent et son protecteur.

Il n'en continua pas moins ses poursuites. En 1836,
il me racontait cette aventure, le soir, sous les
grands arbres de la promenade de Laon. Il ajou-
tait qu'il venait de voir madame Curial âgée de
quarante-sept ans, et qu'il s'était trouvé aussi
amoureux qu'au premier jour. L'un et l'autre
avaient eu bien d'autres passions dans l'intervalle. « Comment pouvez-vous m'aimer encore à
mon âge? » disait-elle. Il le lui prouvait très-
bien et jamais je ne l'ai vu montrer tant d'é-
motion : il avait les larmes aux yeux en me parlant.

Son autre amour-passion fut pour une belle
milanaise nommée madame Grua. Malgré la
bonne foi des Italiennes, qu'il opposait sans cesse
à la coquetterie des nôtres, madame Grua le
trahissait indignement. Elle avait eu l'art de lui
persuader que son mari, le plus débonnaire des
hommes, était un monstre de jalousie, et elle
obligeait Beyle à se cacher à Turin, car sa pré-
sence à Milan l'aurait perdue, disait-elle. Une
fois tous les dix jours, au cœur de l'hiver, Beyle
venait à Milan dans le plus strict incognito, se
cachait dans une méchante auberge et la nuit était
introduit chez sa belle par une femme de chambre
qu'il payait bien. Cela dura quelque temps, et
toujours des précautions infinies. Pourtant la
femme de chambre eut un remords et lui avoua
qu'on le trompait et qu'on avait autant d'a-
mants différents qu'il passait de jours en exil.
D'abord il n'en voulait rien croire; à la fin, cependant, il accepta une expérience : on le fit
cacher dans un cabinet, et là, en mettant l'œil

au trou d'une serrure, il vit, à trois pieds de lui,
la plus monstrueuse pièce de conviction. Beyle
me dit que la singularité de la chose et le ridi-
cule de la situation lui donnèrent d'abord une
gaieté folle et qu'il eut toutes les peines du monde
à ne pas alarmer les coupables en éclatant de
rire. Ce ne fut qu'au bout de quelque temps
qu'il sentit son malheur. L'infidèle, que pour
toute vengeance il avait un peu persiflée, essaya
de le fléchir, lui demanda grâce à genoux et le
suivit dans cette attitude tout le long d'une grande
galerie. L'orgueil l'empêcha de lui pardonner, et il
s'en accusait avec amertume, en se rappelant l'air
passionné de Mme Grua. Jamais elle ne lui avait
paru si désirable, jamais elle n'avait eu tant d'a-
mour. Il avait sacrifié à l'orgueil le plus grand
plaisir qu'il eût pu goûter avec elle. Il fut dix
mois à se consoler : « J'étais abruti, disait-il ;
je ne pensais plus ; j'étais accablé d'un poids in-
supportable, sans pouvoir me rendre compte nettement de ce que j'éprouvais. C'est le plus grand
des malheurs : il prive de toute énergie. Depuis,
un peu remis de cette langueur accablante, j'a-
vais une curiosité singulière à connaître toutes
ses infidélités : je m'en faisais raconter tous les
détails. Cela me faisait un mal affreux, mais j'a-
vais un certain plaisir physique à me la représenter dans toutes les situations où on me la dé-
crivait. »

Beyle m'a toujours paru convaincu de cette idée
très-répandue sous l'empire, qu'une femme peut
toujours être prise d'assaut et que c'est pour
tout homme un devoir d'essayer : « Ayez-la :

c'est d'abord ce que vous lui devez (*), » me disait-il quand je lui parlais d'une femme dont j'étais amoureux. Un soir, à Rome, il me conta que la comtesse Cini venait de lui dire *voi*, au lieu de *lei*, et me demanda s'il ne devait pas la violer. Je l'y exhortai fort.

Je n'ai connu personne qui fût plus galant homme à recevoir les critiques sur ses ouvrages ; ses amis lui parlaient toujours sans le moindre ménagement. Plusieurs fois il m'envoya des manuscrits qu'il avait déjà communiqués à V. Jacquemont et qui revenaient avec des notes marginales comme celles-ci : « détestable, — style de portier, etc. » Quand il fit paraître son livre *de l'Amour*, ce fut à qui s'en moquerait davantage (au fond, fort injustement): jamais ces critiques n'altérèrent ses relations avec ses amis.

Il écrivait beaucoup et travaillait longtemps ses ouvrages, mais au lieu d'en corriger l'exécution il en refaisait le plan. S'il effaçait les fautes d'une première rédaction, c'était pour en faire d'autres, car je ne sache pas qu'il ait jamais essayé de corriger son style : quelque raturés que fussent ses manuscrits, on peut dire qu'ils étaient toujours écrits de premier jet.

(*) *Ayez-la :* c'est d'abord ce que vous lui devez,
    Et vous l'estimerez après si vous pourez.

Nodier fait remarquer à propos de cette acception consacrée par la chaste muse de Gresset, que la licence des anciens comiques n'est jamais allée si loin que le bon ton.

Ses lettres sont charmantes ; c'est sa conversation même.

Il était très-gai dans le monde, fou quelquefois, négligeant trop les convenances et les susceptibilités. Souvent il était de mauvais ton, mais toujours spirituel et original. Bien qu'il n'eût de ménagements pour personne, il était facilement blessé par des mots échappés sans malice : « Je suis un jeune chien qui joue, me disait-il, et on me mord. » Il oubliait qu'il mordait parfois lui-même et assez serré : c'est qu'il ne comprenait guère qu'on pût avoir d'autres opinions que les siennes sur les choses et sur les hommes. Par exemple, il n'a jamais pu croire qu'il y eût des dévots véritables : un prêtre et un royaliste étaient toujours pour lui des hypocrites.

Ses opinions sur les arts et la littérature ont passé pour des hérésies téméraires lorsqu'il les a produites ; aujourd'hui , quelques-uns de ses jugements ont l'air des vérités de M. de la Palisse. Lorsqu'il mettait Mozart, Cimarosa, Rossini au-dessus des faiseurs d'opéras-comiques de notre jeunesse, il soulevait des tempêtes : c'est alors qu'on l'accusait de n'avoir pas des *sentiments français*.

Il est pourtant très-Français dans ses opinions sur la peinture, bien qu'il prétende la juger en Italien. Il apprécie les maîtres avec les idées françaises, c'est-à-dire au point de vue littéraire. Les tableaux des écoles d'Italie sont examinés par lui comme des drames. C'est encore la façon de juger en France où l'on n'a ni le sentiment de la forme, ni un goût inné pour la couleur. Il faut

une sensibilité particulière et un exercice pro-
longé pour aimer et comprendre la forme et la
couleur. Beyle prête des passions dramatiques à
une vierge de Raphaël. J'ai toujours soupçonné
qu'il aimait les grands peintres des écoles lom-
barde et florentine, parce que leurs ouvrages le
faisaient penser à bien des choses auxquelles,
sans doute, les maîtres ne pensaient pas. C'est
le propre des Français de tout juger par l'es-
prit. Il est juste d'ajouter qu'il n'y a pas de
langue qui puisse exprimer mieux les finesses de
la forme ou la variété des effets de la couleur.
Faute de pouvoir exprimer ce qu'on sent, on dé-
crit d'autres sensations qui peuvent être com-
prises par tout le monde.

Beyle m'a toujours paru assez indifférent à
l'architecture et n'avait sur cet art que des idées
d'emprunt. Je crois lui avoir appris à distinguer une église romaine d'une église gothique,
et, qui plus est, à regarder l'une et l'autre. Il
reprochait à nos églises d'être tristes.

Il sentait mieux la sculpture de Canova que
toute autre, même que les statues grecques,
peut-être est-ce parce que Canova a travaillé
pour les gens de lettres. Il est beaucoup plus
préoccupé des idées qu'il exciterait dans un es-
prit cultivé que de l'impression qu'il pourrait
produire sur un œil qui aime et qui connaît
la forme.

Pour Beyle la poésie était lettre close. Souvent il lui arrivait d'estropier, en les citant, des
vers français. Il ne connaissait ni le mètre ni
l'accentuation des vers anglais et italiens, et ce-

pendant il était réellement sensible à certaines beautés de Shakspeare et du Dante, qui sont intimement unies à la forme du vers. Il a dit son dernier mot sur la poésie dans son livre *de l'Amour :* « Les vers furent inventés pour aider la mémoire ; les conserver dans l'art dramatique, reste de barbarie. » Racine lui déplaisait souverainement. Le grand reproche que nous lui adressions vers 1820, c'est qu'il manque absolument aux mœurs ou à ce que, dans notre jargon dramatique, nous appelions alors la *couleur locale.* Shakspeare, que nous opposions sans cesse à Racine, a fait en ce genre des fautes cent fois plus grossières. — « Mais, disait Beyle, Shakspeare a mieux connu le cœur humain. Il n'y a pas de passion ou de sentiment qu'il n'ait peint avec une admirable vérité. La vie et l'individualité de ses personnages le mettent au-dessus de tous les auteurs dramatiques. — Et Molière ? répondait-on. — Molière est un coquin qui n'a pas voulu représenter le courtisan parce que Louis XIV ne le trouvait pas bon. »

Dans la pratique de la vie, Beyle avait une suite de maximes générales qu'il fallait, disait-il, observer infailliblement sans les discuter, dès qu'on les avait trouvées commodes. A peine permettait-il d'examiner un instant si le cas particulier rentrait dans une de ses théories générales.

Jusqu'à trente ans il voulait qu'un homme, se trouvant avec une femme seule, tentât l'abordage : « Cela réussit, disait-il, une fois sur dix ; or, la chance d'un sur dix vaut bien la peine

d'essuyer neuf rebuffades. » — Ne jamais pardonner un mensonge ; — ne jamais se repentir ;
—prendre aux cheveux la première occasion de
querelle à son entrée dans le monde, voilà quel-
ques-unes de ses maximes.

Il se moquait de moi en me voyant étudier
le grec à vingt ans : « Vous êtes sur le champ
de bataille, disait-il, ce n'est plus le temps de
polir votre fusil ; il faut tirer. »

Il avait souffert, comme tant d'autres, de la
mauvaise honte de sa jeunesse. C'est une chose
difficile pour un jeune homme que d'entrer dans
un salon. Il s'imagine qu'on le regarde et craint
toujours de n'être pas correct: « Je vous con-
seille, disait-il, d'entrer avec l'attitude que le
hasard vous a fait prendre dans l'antichambre :
convenable ou non, n'importe. Soyez comme la
statue du Commandeur, et ne changez de main-
tien que lorsque l'émotion de l'entrée aura dis-
paru. »

Il avait une autre recette pour les duels :
« Pendant qu'on vous vise, regardez un arbre
et appliquez-vous à compter les feuilles. »

Il aimait la bonne chère, cependant il trouvait du temps perdu celui qu'on passe à man-
ger, et souhaitait qu'en avalant une boulette le
matin on fût quitte de la faim pour toute la
journée. Aujourd'hui on est gourmand et on
s'en vante. Du temps de Beyle un homme prétendait surtout à l'énergie et au courage : comment faire campagne si l'on est gastronome?

La police de l'empire pénétrait partout, à ce
qu'on prétend, et Fouché savait tout ce qui se

disait dans les salons de Paris. Beyle était persuadé que cet espionnage gigantesque avait con-
servé tout son pouvoir occulte. Aussi, il n'est
sorte de précautions dont il ne s'entourât pour
les actions les plus indifférentes. Jamais il n'é-
crivait une lettre sans la signer d'un nom sup-
posé : César Bombet, Cotonet, etc.. Il datait ses
lettres d'Abeille, au lieu de Civita-Vecchia (*),
et souvent les commençait par une telle phrase :
« J'ai reçu vos soies grèges, et je les ai emma-
gasinées en attendant leur embarquement. » Tous
ses amis avaient leur nom de guerre et jamais
il ne les appelait d'une autre façon. Personne
n'a su exactement quels gens il voyait, quels
livres il avait écrits, quels voyages il avait faits.

Je m'imagine que quelque critique du ving-
tième siècle découvrira les livres de Beyle dans
les fatras de la littérature du dix-neuvième, et
qu'il leur rendra la justice qu'ils n'ont pas trou-
vée auprès des contemporains. C'est ainsi que
la réputation de Diderot a grandi au dix-neuvième siècle, c'est ainsi que Shakspeare, oublié
du temps de Saint-Évremont, a été découvert
par Garrick. Il serait bien à désirer que les lettres de Beyle fussent publiées un jour : elles
feraient connaître et aimer un homme dont l'es-
prit et les excellentes qualités ne vivent que dans
la mémoire d'un petit nombre d'amis.

(*) Il était consul de France à Civita-Vecchia.

FIN

www.ingramcontent.com/pod-product-compliance
Lightning Source LLC
LaVergne TN
LVHW021745030726
842523LV00003B/918